CARACTACUS,

TRAGÉDIE

EN CINQ ACTES,

SUR LE MODELE DES TRAGÉDIES GRECQUES;

Par M. WILLIAM MASON;

REPRÉSENTÉE *pour la première fois sur le Théatre Royal de* COVENT-GARDEN, *l'année 1776.*

M. DCC. LXXXV.

ACTEURS.

CARACTACUS, *Roi des Silures.*
ARVIRAGUS, *son fils.*
EVELINA, *sa fille.*
VELLINUS, } *fils de* CARTISMANDUA, *Reine du Brigantin.*
ELIDURUS, }
AULUS DIDIUS, *Général romain.*

ACTEURS DU CHŒUR.

MODRED, *chef des Druïdes.*
MADOR, *chef des Bardes, ou Chantres.*
Second, troisième & quatrième BARDE.
Chœur de DRUIDES *& de* BARDES.

La Scène est dans le bocage sacré de l'Isle de Mona, aujourd'hui Anglesea.

CARACTACUS,

TRAGÉDIE.

ACTE PREMIER.

Le Théatre représente un clair de Lune. Au travers d'un boccage formé par des chênes, on voit la mer agitée. A chaque côté de la scène est une chaîne de rochers.

SCENE PREMIERE.

AULUS DIDIUS, *accompagné de plusieurs Officiers romains.*

AULUS DIDIUS.

VOICI le centre secret de l'isle : Romains, arrêtons-nous un moment ? Contemplons d'un œil étonné la scène pompeuse de ce lieu sauvage ?

A 2

— Voyez-vous ce chêne antique? — Que son aspect est imposant! — L'ombre de ses branches tortueuses glace la plaine qu'elle couvre. — Remarquez cet autel: — Entendez-vous le murmure des eaux qui mouillent sa base rabotteuse? — Ces rochers escarpés, ces sombres cavernes, ce cirque immense, ces débris de montagnes, arrachés par les Druïdes du sein de la terre, frappent mes sens d'une horreur religieuse. Ces repaires d'une superstition barbare m'épouvantent, je les méprise, & cependant ils m'inspirent l'effroi. Ah! mes amis, n'en doutons pas! une puissance suprême se cache sous le noble aspect de la nature indomptée: oui, je le sens, elle subjugue ma raison. — Qu'on fasse venir les Princes Britanniques; ce lieu favorise mes desseins.

UN ROMAIN.

Les voici, Seigneur.

SCENE II.

Les précédens, VELLINUS, ELIDURUS.

DIDIUS.

APPROCHEZ, gages sacrés de la foi de *Cartismandua*? Eclairez mon ignorance? Expliquez-moi ce que représente ce lieu terrible?

ELIDURUS.

Audacieux Romain! ton pied profane, foule une terre consacrée aux Dieux : cette masse énorme de rochers, dont l'ordre mistique te surprend, sert de temple au Druïde suprême, dans les jours solemnels.

DIDIUS.

Où demeure ce Pontife redoutable?

VELLINUS.

Là-bas dans cette caverne couverte de mousse, où la lune jette un rayon bienfaisant: les autres antres servent d'asyle aux Druïdes subalternes.

DIDIUS.

J'apperçois sur le sommet de cette montagne, une chaîne de cavernes fabriquées sur le penchant de ce rocher escarpé. Là-bas j'en vois d'autres non moins épouvantables.

ELIDURUS.

A gauche est la retraite du sage *Euvates*, à droite celle de nos chantres divins; leurs robes aussi blanches que la neige flottent au gré des vents; ils descendent la nuit dans le bocage, la lune se plaît à carresser leurs harpes d'argent; elles éblouissent nos yeux par leur éclat, & charment nos sens par leur douce harmonie. Les esprits aëriens prêtent une oreille attentive à leurs sons mélodieux, toute la nature se réveille à leurs accords touchans.... Mais, Seigneur, retirez-vous dans vos vaisseaux : si les Druïdes s'apperçoivent de votre audace, vous n'échapperez pas à leur fureur.

DIDIUS.

Prince, je n'ai point abordé sur ce rivage dangereux, pour satisfaire une vaine curiosité : un soin plus important me conduit en ce lieu; j'y cherche le fier Caractacus : après sa défaite, il s'est réfugié, dit-on, dans cet asyle.

ELIDURUS.

Mortel présomptueux ! ne vous flattez pas de l'enlever de ces lieux; si les Druïdes le défendent, vous arracheriez plutôt les astres du firmament. La plaine où nous marchons, est soutenue de mille cavernes secrettes. Caractacus peut s'y reposer pendant des siècles, sans aucun danger.

DIDIUS

Je le sais, l'entreprise est difficile, mais la Reine votre mere, m'a donné les moyens d'y réussir.

ELIDURUS.

Ma mere ?

DIDIUS.

Oui, Seigneur, & vous êtes garant de sa foi.

ELIDURUS.

Dieux éternels ! quelle indigne foiblesse ? Non, je n'y consentirai jamais.

DIDIUS.

Obéissez, où je vais vous conduire à Rome ; je vous arracherai à votre patrie, à vos parens, à vos amis, enfin à tout ce qui fait le charme de la vie.

ELIDURUS.

Barbare ! peux-tu jouir de notre malheur ?

DIDIUS.

Hélas ! je voudrois adoucir votre sort. Aimez-vous la liberté ?

VELLINUS & ELIDURUS.

Elle nous est plus chere que la vie.

DIDIUS.

Vous pouvez briser vos fers.

VELLINUS.

Comment ?

DIDIUS.

Allez chez les Druïdes ; dites leur que votre mère implore le secours du grand Caractacus. L'alliance de la Reine avec Rome est encore secrette. Montrez ce cachet, le crédule Monarque tombera dans le piège, il acceptera des offres si flatteuses, & vous suivra au rivage, vous le conduirez à celui de Menaï, je m'en saisirai, je l'enverrai â Rome, & sa captivité sera le signal de votre liberté.

VELLINUS.

Mais si les Druïdes s'apperçoivent de notre stratagême......

DIDIUS.

Le fer & le feu détruiront alors ce bocage.....

ELIDURUS.

Les Dieux le défendront.

DIDIUS.

Rien ne pourra le sauver. La terre sera jonchée de ses troncs robustes.... Adieu, au lever de l'aurore j'attends Caractacus à mes vaisseaux, ou il faut que *Mona* périsse. — Allez, Princes, je vais vous attendre sur la plage; souvenez-vous que cet illustre Monarque doit honorer le triomphe de César. Le destin l'ordonne : c'est à vous à remplir ses décrets.

(*Il sort, suivi des Romains.*)

SCENE III.

ELIDURUS, VELLINUS,

ELLIDURUS,

LE ciel s'oppose à un tel attentat. Dieux immortels ! maîtres de ce grand univers, jettez un regard propice sur un malheureux Prince. Sages Druides, ministres de Jupiter, implorez sa puissance, que sa foudre défende la cause de la justice. Oui : respectable Monarque, dernier rejetton de la race Britannique, gage sacré du ciel, il te conservera.

VELLINUS.

Quoi ! tu refuses d'obéir ?...

ELIDURUS.

Quoi ! tu oses accepter....

VELLINUS.

La liberté....

ELIDURUS.

Devient un esclavage, quand on l'achete au prix de l'honneur. Ah, Vellinus ! non, tu n'es pas capable d'une telle bassesse.

VELLINUS.

Quoi ! pour éviter un reproche frivole, Elidurus a-t-il la foiblesse de réfuser un si grand bienfait ?

ELIDURUS.

Je méprise ce bienfait, s'il faut l'acquérir par un crime.

VELLINUS.

Insensé ! je prends sur moi le crime..... .

ELIDURUS.

Ah, mon frere ! épargnez-vous la honte d'une si noire trahison ? J'en avertirai les Druïdes....

VELLINUS.

Vas ! cours ! appelles-les à haute voix, immole ton frere....

ELIDURUS.

Ah, mon cher Vellinus, je t'aime tendrement, tu m'es aussi cher que l'honneur....

VELLINUS.

L'honneur t'ordonne d'obéir : c'est ta mere, c'est ta souveraine qui te prescrit tes devoirs : c'est ta religion qui te commande de sauver ce sanctuaire....

ELIDURUS.

Projet, sacrilège ! Fuyons, mon frere ? Epargnons à nos yeux ce spectacle impie....

VELLINUS.

Ou plutôt prévenons-le par la ruse. Ecoute, mon frere, l'âge & l'expérience ont muri ma raison...

ELIDURUS.

Ta raison ! ouvre les yeux sur Rome & accorde si tu peux, ses projets, avec la droiture & l'équité. — Ah, mon frere ! respecte les loix de la nature? La politique romaine peut les éteindre dans une ame commune, mais elles doivent embraser celle de Vellinus.

VELLINUS.

Je me soumets à mon sort. Adieu.....

ELIDURUS.

Non, non; je n'y consentirai pas; je ne puis, je ne veux, je n'ose t'abandonner. Si jamais les Druïdes pénétrent ton dessein, songe aux tourmens qu'ils te préparent : & si tu réussis; ah, mon frere, les remords qui accompagnent le crime, sont encore plus affreux. Entends-tu ce signal ? C'est celui des augustes habitans de *Mona*.... Je les apperçois.... Ils sortent de leurs antres sacrés...... La blancheur de leurs vêtemens..... éclaire toute la montagne.... Vois-tu la démarche majestueuse des *Bardes*... (1) Voici l'instant du sacrifice; retirons-nous, mon frere : si nous restons, nous sommes perdus.

(1) Poëtes ou Chantres.

VELLINUS.

Je vais attendre dans ce vallon la fin du sacrifice. Adieu : c'est à toi de trahir ou de seconder mes desseins.

ELIDURUS.

L'honneur s'offense de l'un, & l'amitié s'oppose à l'autre.

(Ils sortent.)

SCENE IV.

Les Druïdes, précédés de Modred, descendent de la montagne au son d'une symphonie majestueuse. Ils sont vêtus de longues robes blanches ; ils ont une couronne de feuilles de chênes, & tiennent des petites harpes à la main.

MODRED.

Récitatif accompagné.

LE sommeil & le silence nous environnent. Aucun souffle des zéphyrs ose interrompre notre repos. Mes fils ! formez une triple enceinte sur ce terrein sacré (1).

(1) Il trace des cercles avec la baguette magique.

CHŒUR, *accompagné des harpes.*

Druïde ! nous t'obéissons : marchons lentement, respectons le calme de la nuit.

MODRED.

Recitatif accompagné.

Si quelqu'esprit malin, quelque mortel curieux ose fouler ces lieux sacrés, hâtons-nous d'en bannir le prophane.

CHŒUR, *accompagné.*

« Elevons nos branches de Vervain, baignées » dans la froide rosée de Septembre ; arrosons de » ses eaux claires & pures, la terre & l'air de ce » bocage ».

MODRED.

Récitatif.

Il suffit ; ce paisible séjour est digne des Dieux. (*Symphonie légère.*) Chers compagnons ! avez vous préparé pour ce moment auguste, les coursiers blancs qui n'ont jamais connu le frein ? Voilà les victimes qui plaisent au chêne antique que nous encensons.

CHŒUR.

Grand Druïde ! ils n'attendent que le coup mortel.

MODRED.

Sage *Cadwall*, as-tu visité les antres profonds où

reposent nos illustres ancêtres? As-tu pris dans le coffre sacré, la faux, la hache & la cotte-d'arme, que portoit jadis le vieux *Belin* ?

Second BARDE.

Druïde, j'ai tout préparé.

MODRED.

Brennus ? as-tu cherché dans la grotte magique, demeure sacrée de notre illustre sœur, la baguette formidable, & la pierre du serpent, engendré avant la lune d'automne ?

Troisième BARDE.

Druïde! je t'ai obéi.

MODRED.

Nos rites sont accomplis. (*On répete la symphonie.*) Que neuf de vous visitent ce bocage, qu'ils en écartent tout prophane. Mes freres ? Caractacus demande à être admis cette nuit dans notre ordre sacré; ce grand Roi, utile jadis à ses sujets, qui lutta si long-temps contre la puissance romaine, n'a pu garantir son peuple d'un joug tyrannique; détrompé sur les grandeurs humaines, il vient finir ici ses jours dans une douce tranquillité. Le voici qui s'avance. Ah, mes amis! voyez son port majestueux; il ressemble à ces tours orgueilleuses dont on ne connoît l'inébranlable solidité qu'au moment où frappées de la foudre, elles résistent à ses coups. Salut ô célèbre Monarque,

SCENE V.

CARACTACUS, EVELINA, MODRED, CHŒUR.

CARACTACUS.

Ce lieu sauvage me paroît aujourd'hui plus affreux. Pontife, ce bocage semble partager mon chagrin : cette sombre empreinte est celle de mon ame ; ces arbres sentent quelque pitié pour leur hôte malheureux. Je vous salue, chênes vénérables ! nés dans le sein Britannique ! vous seuls avez conservé les droits de la nature : votre liberté ne dépend pas d'un regard de César. Heureux habitans des forêts ! vous n'attendez pas qu'un insolent *préteur* vous permette de croître : vous levez librement vos têtes altières jusqu'aux voûtes azurées ; vos racines nerveuses pénétrent le rocher qui vous donna naissance ; vos branches s'étendent hardiment vers le nord, qui, à l'exemple des perfides romains, cherche à les assaillir. Dis-moi, Druïde, le sort de ce chêne orgueilleux n'est-il pas préférable à celui d'un Roi infortuné ?

MODRED.

Seigneur, l'homme sage se soumet sans murmure aux décrets des Dieux.

CARACTACUS.

J'étois né sur le trône, & je ne suis plus rien. Comme le ciel accorde à ces chênes altiers, des boucliers verdoyans pour les défendre des ardeurs du soleil, ainsi il m'avoit donné ce bras pour garantir mon peuple de l'ambition des romains. Mais j'ai succombé, hélas; tu sais comment! Tout l'univers en est instruit. Ah, Druïde! n'ai-je pas le droit de me plaindre du sort?

MODRED.

Seigneur, nous attendons vos ordres pour commencer nos rites divins: si le ciel vous est propice, vous serez bientôt consacré à son culte; mais avant de vous y engager, examinez bien votre cœur: est-il tout-à-fait détaché des biens de la terre?

CARACTACUS.

J'avois une épouse.... pardonnez ma foiblesse? Ce cœur indomptable ose pousser un soupir... Malheureuse Princesse! Héals! je n'ai pu te vanger. O Druïde! crois-tu que mon cœur puisse goûter cette paix que tu me vantes? — Ah, ma chere Evelina! essuye tes larmes, n'en mouille pas le bras, qui n'a pu sauver ta mere.

EVELINA, *appuyée sur le bras de son pere.*

Ah, Seigneur! ce n'est qu'ici que je trouve le repos, la consolante idée qu'un pere tendre soutient

tient encore son malheureux enfant, allège les peines qui déchirent mon ame; elle y répand ce calme que nous donnent les prières de ces saints personnages, lorsqu'ils invoquent les Dieux en notre faveur. Puissent les carresses de votre fille, adoucir ainsi vos chagrins!

CARACTACUS.

Douce & aimable Evelina, viens que je te presse contre mon sein. Hélas! je retrouve en toi les traits de celle que j'ai perdue avec tant d'ignominie. Ah, mes amis! ces yeux l'ont vu arracher de mon foible camp: j'étois environné d'intrépides soldats, & cependant je n'ai pu la défendre! Mon fils l'a vu dans des bras ennemis; oui, il l'a vue! — & il a fui.

EVELINA.

Ah! Seigneur, épargnez mon malheureux frere; il est vaillant, il quitta le camp pour rallier vos troupes, & voler au secours de ma mere.

CARACTACUS.

Il a fui ma fille.... la lune fut témoin du forfait, elle se cacha de honte dans un épais nuage.....

EVELINA.

N'en doutez pas, Seigneur, mon frere est courageux; il a péri en défendant ma mere. Malheureux Arviragus! le sort n'a pas permis qu'une sœur qui t'aime, cherchât ton corps à l'ombre de la nuit, dans le champ ensanglanté par le carnage ; ses larmes eussent lavé tes blessures, ses cheveux les eussent essuyées.

MADRED.

Silence! fille infortunée! les échos de ces bois défendent qu'on trouble leurs paisibles retraites, par de vains soupirs : quelque soit le sort de ton frere, c'est le ciel qui en dispose ; la patience, les mains croisées sur son modeste sein, lève un regard soumis vers les Dieux, & adore jusqu'à leur rigueur.

EVELINA.

Druïde sacré! si mes paroles ont profané ce temple rustique, j'en demande pardon au Dieu qu'on y adore. Puissé-je être sans voix, plutôt que de blesser les oreilles de vos chastes sœurs. Je soupire après le moment où elles daigneront m'admettre à leur sainte association.

MODRED.

Votre sagesse égale votre naissance. Vous le voyez, Seigneur ; sa raison l'emporte sur la jeunesse, elle quitte le monde sans regrets, tandis que vous....

CARACTACUS.

Je voudrois enlever la Reine à ses indignes ravisseurs. Ah! que ne puis-je enfoncer ce fer dans leur sein, & venger ainsi l'honneur du diadême.

O! vénérables mortels! vous êtes enfans de la paix; vous n'avez jamais senti l'éguillon meurtrier de la vengeance, qui blesse le cœur d'un guerrier: ah! Si vous connoissiez sa blessure, vous auriez pitié de moi, vous maudiriez le sort qui m'enchaîne dans vos bois. — Il me ravit l'espérance, il dit à mon ame agitée, que ce glaive n'abbatera plus de casques romains, qu'il ne vengera jamais ma femme ni ma patrie.

MODRED.

Le sort le veut ainsi....

CARACTACUS.

Je le sais; le sort défend que ces yeux affoiblis par l'âge revoient encore l'objet de leur tendresse; les Dieux m'en ont privé dans ce fatal moment, où tous mes escadrons abandonnèrent leur Roi. Je les avois instruits dans l'art des combats, je leur avois appris à vaincre, & ils m'ont laissé en proie à tous les dangers. Oui, mes amis, je les ai conduits pendant huit années entières, contre les brigands de Rome, & ils furent toujours victorieux..... Mais pardon, Druïdes...... je ne m'en plaindrai plus.... Commencez vos rites divins.

MODRED.

Je ne puis, il faut en retarder la cérémonie: un parfait oubli de vous-même doit vous accompagner à l'autel. — Bardes ? qu'on emmène les victimes. Point de réplique, Seigneur..... la modération doit présider au sacrifice, & votre ame ne respire que la vengeance, l'ambition & la soif du sang. Tout vous retient encore vers un monde méprisable ; vous en connoissez la misère, & cependant vous le préférez à cet asyle paisible ? — à cet asyle où regnent le repos & la vertu. Essayons de toucher ce cœur rebelle par la douce harmonie ; la musique élève l'ame, brise ses fers, & la transporte jusqu'aux cieux. Retirez-vous, Seigneur, dans ce réduit secret : nous allons invoquer les puissances aériennes, qui habitent sur le Mont, escarpé de *Snowdon* (1).

(Caractacus & Evelina se retirent.)

SCENE VI.

MADOR, LE CHŒUR.

(Une symphonie.)

MADOR.

MONA, invoquez les secours de *Snowdon.*

CHŒUR.

Souverain des Collines, écoutez-nous ! écoute *Mona* qui t'appelle ? Les échos répetent nos sons ; Monarque puissant, sois-nous propice !

(1) Grande montagne dans l'isle d'Anglesea.

MADOR.

Récitatif accompagné.

L'astre de la nuit au milieu de sa course, se plaît à se jouer sur ta tête, il s'arrête sur ton front glacé, il aime à éclairer la demeure de nos sages sœurs. (*Une symphonie accompagnée par plusieurs harpes.*) Sois attentif, ô *Snowdon!* voici l'heure de l'invocation magique, voici le moment où par son pouvoir on arrache des soupirs, on fait retentir tes immenses cavernes, d'un bruit semblable au tonnerre; mais toute la puissance des sortilèges doit céder à celle de l'harmonie.

Air chanté par le second BARDE.

« *Mona* n'emploiera jamais d'autre charme pour » te rendre propice, que celui de la douce harmo- » nie ».

MADOR. (*La symphonie.*)

Des sons mélodieux sortis de la montagne, répondent à nos voix. Ecoutons? (*Une symphonie douce.*) J'entends le mouvement des aîles & des vêtemens: ce sont sans doute les esprits aériens qui s'approchent de ce bocage; ils montent dans cet instant sur le chêne orgueilleux.

Duetto par le second & le troisième BARDES.

Salut ô puissances mistiques! *Mona* se félicite de vous voir dans ses plaines: repandez-y la paix &

l'innocence avec la rosée du matin; bannissez-en la fureur menaçante, la frayeur tremblante, la vengeance au regard terrible; la haine, l'envie & la jalousie.

MADOR.

Récitatif accompagné.

La vertu a placé son trône dans ce bocage, c'est sous ce chêne que notre ame s'épure, & devient digne des cieux. Lorsqu'après le songe trompeur de la vie, ses liens seront brisés, elle s'élevera vers les champs azurés de l'olympe, elle y jouira d'une gloire éternelle.

CHŒUR.

« La vertu a placé son trône dans ce bocage, » c'est sous ce chêne que l'ame s'épure, & devient » digne des cieux!

Fin du premier Acte.

ACTE II.

SCENE PREMIERE.

CARACTACUS, MODRED, CHŒUR.

CARACTACUS.

CHEF des Druïdes, je me sens digne d'être admis parmi vous: mon cœur renonce pour jamais à la vengeance ; ne retardez plus mon bonheur.

MODRED.

Seigneur, l'heure de la cérémonie est passée ; il faut en attendre une autre plus propice. Nous consacrons le reste de la nuit aux contemplations célestes, retirez-vous derriere cet autel. Que le sommeil y répande sur vos sens ses faveurs bienfaisantes. Sommeil ! baume précieux, tu es la consolation des mortels. Plus d'une fois le lieu que je vous indique, Seigneur, a fait éclore de grands prodiges. Il produit des visions qui guérissent les maux des humains..... Qu'entends-je ? (*On entend du bruit.*) D'où vient ce bruit ? — Il m'a paru qu'un profane marchoit en ces lieux.... Retirez-vous, Prince. — Ah ! ciel, que vois-je ? le chêne du centre est tremblant. (*Caractacus sort.*)

SCENE II.

MODRED, *second* BARDE.

Second BARDE.

O mon pere ! pendant notre marche vers l'orient, nous avons trouvé dans le fond d'une obscure carrière, deux jeunes étrangers qui s'entretenoient des affaires de l'Etat; nous les avons arrêtés & conduits ici ; leurs vêtemens annoncent qu'ils sont Bretons, & même de race Brigantine. Les voici.

SCENE III.

MODRED, VELLINUS, ELIDURUS, CHŒUR.

VELLINUS.

SAGES & vénérables Druïdes, prenez pitié de notre jeunesse, nous sommes nés dans votre sein.

MODRED.

Quoi ! vous êtes Bretons, & vous osez profaner ces lieux sacrés ? Rome n'auroit pas eu plus d'audace ? Que les tourmens des enfers punissent cet attentat....

ELIDURUS.

Ah, Seigneur! ne nous maudissez pas.

MADRED.

Téméraires! voici l'heure solemnelle où l'astre brillant de la nuit emporte vers les cieux nos vœux & nos prieres. Aucun Breton ne l'ignore; l'enfant, qui par hasard s'éveille, lève ses mains innocentes vers les Dieux, & leur demande du secours, & vous seuls bravés leur courroux. Malheureux! quoi, vous foulez ce terrein sacré dans cette heure auguste? C'est le plus horrible des sacrilèges.

VELLINUS.

Fussent les plaines de *Mona* plus saintes que celles des cieux, le motif qui nous ammene excuseroit notre démarche.....

ELIDURUS.

Nous venons par l'ordre de notre Roi....

VELLINUS.

Le droit d'aînesse m'autorise à parler....

MODRED.

Soit, mais que la prudence dirige vos discours; souvenez-vous que cet ordre doit être pressant pour excuser votre crime.

VELLINUS.

Il renferme le salut de l'Etat.

MODRED.

Expliquez-vous, jeune homme.

VELLINUS.

Caractacus est ici....

MODRED.

Dès qu'il est parmi nous, son salut est certain; *Mona* ne trahit point ses protégés.

VELLINUS.

Hélas ! Seigneur, nous n'avons pas dessein de le ravir, la Reine des Brigantins, dont nous sommes les fils, implore son bras valeureux; elle a combattu pendant trois mois avec succès contre le fier *Ostorius*; mais prête à succomber sous ses armes triomphantes, elle attend son salut du grand Caractacus.....

SCENE IV.

Les précédens, CARACTACUS, *il s'élance de derriere l'autel.*

CARACTACUS.

LE voici: Princes, je vais vous suivre....

MODRED.

Ah ! Seigneur, que faites-vous?....

VELLINUS.

Oui, voilà le Héros qui, pendant neuf années, a fait trembler les romains, je le reconnois à cet air majestueux..... à ce front radieux où brille la victoire. — Prosternons-nous, mon frere? Montrons-lui le sceau de notre auguste mere?... Prince, recevez ce gage de sa foi : elle vous en conserve un plus précieux, votre épouse........

CARACTACUS.

La Reine Guideria....

VELLINUS.

Est dans son palais.....

CARACTACUS.

Grands Dieux! je n'ose en croire mon bonheur; mais ce sceau me rassure. Qui l'a sauvée?

VELLINUS.

Moi, j'ai attaqué le camp des Romains, j'ai vaincu, j'ai brisé ses chaînes...

CARACTACUS, *en l'embrassant avec transport.*

Ah! mon fils!.... oui, tu seras mon fils.... J'avois un fils autrefois, il avoit ton âge, ton maintien, ton air honnête, — & cependant il m'a trompé : Hélas! sans l'ingrat qui m'arrache des larmes, ce moment m'égaleroit aux Dieux. — Arviragus a dèshonoré ses ancêtres!.... mais il faut l'oublier. Hâtes-toi,

Evelina : — prépare mon arc ; ma lance, mon bouclier.....

MODRED.

Impétueux guerrier, que prétendez-vous faire?...

CARACTACUS.

Sauver ma patrie.....

MODRED.

Vous ne pouvez & vous êtes trahi! Prenez garde, à l'approche de ces étrangers, le chêne du milieu a tremblé : craignez cet horrible présage......

CARACTACUS.

Malgré tous vos augures, mon cœur m'annonce la victoire, elle me prépare des lauriers qui flétriront ceux de César.

MODRED.

Vaine espérance !

CARACTACUS.

Paix, Druïde....

MODRED.

Tu regnes sur des hommes, je suis le ministre des Dieux, mes ordres sont plus puissans que les tiens.

CARACTACUS.

Quand on combat pour sa patrie, on défend la cause du Ciel, & tu dois bénir nos efforts.

MODRED.

Nous approuvons la valeur, mais nous blâmons la témérité. Le temps viendra où la *mort* & le *destin*, assis dans un char ardent, armés de faulx tranchantes, moissonneront le champ de la vie : le démon de *l'oubli* suivra leurs traces. Il confondra en une masse informe les royaumes, les empires, le monde entier ; la *renommée* attentive au sort du *patriote*, sauvera son nom du pouvoir destructif, & le fera briller d'un éclat éternel.

CARACTACUS.

Parles toujours ainsi, Druïde, & je t'écouterai.

MODRED.

Malgré la gloire dont tu te flattes, gardes-toi de chercher les combats. Ce n'est pas la valeur qui la donne : si la soif du sang arme ton bras, tu cesse d'être un héros. Il faut obéir à la voix du ciel...

CARACTACUS.

Ah ! c'est elle qui m'anime aujourd'hui.

MODRED.

Consultons auparavant les Dieux ? Allez, Prince, je vous instruirai de leurs décrets. (*Caractacus sort avec Vellinus & Elidurus.*)

SCENE V.

MODRED, LE CHŒUR.

MODRED.

SAINTS, compagnons de mes travaux, vous dont la voix touchante pénetre les cœurs, que vos sons élèvent mon ame vers les cieux, qu'elle y pénétre dans les plus secrets mystères du destin.

ODE.

Air chanté par le second BARDE.

« Salut ô harpe *phrigienne*, que jadis le célèbre » *Camber* apporta de Troyes dans la Grande-Bre» tagne ».

Récitatif accompagné.

Quatrième BARDE.

» Tes sons sublimes firent naître l'harmonie

AIR.

» Albion charmée par ces sons mélodieux, éten» dit ses bras d'albâtre sur le vaste océan, son or» gueil étoit flatté de posséder un chantre si fameux.

MADOR.

Les plaines étoient tranquilles, on n'entendoit que le murmure des eaux, & les échos des montagnes répétoient ces sons harmonieux. Cependant *l'Aquilon*, jaloux de tant de gloire, suscita des tempêtes, & réduisit bientôt la lyre au silence. — Mais une divinité s'approche, c'est Morphée; il vient répandre ses bienfaits sur notre divin Modred.

Second BARDE.

« O ma harpe! change tes nombres? Que la ma-
» jesté de tes sons réponde au mystère qui t'envi-
» ronne.

MADOR, *il se couche sur un banc de gazon.*

Le Dieu propice répand sur mes sens engourdis, ses pavots bienfaisans. (*Symphonie douce accompagnée de plusieurs harpes; après la symphonie, Mador continue.*) Le *destin* obéit à ma voix.... il quitte son trône, & comme une vapeur subtile, parcourt notre bocage sacré...... Je le vois, tout annonce dans son maintien la majesté d'un Dieu. ......il tient un crayon dans sa main; les jours, les années, les siècles, passent lentement devant son tribunal..... il les distingue par diverses couleurs.... Hélas! voici le *temps*, la suite qui l'accompagne est bigarrée comme *l'iris*..... son éclat éblouit & s'efface en un instant, il passe de la lumière aux ténèbres...... voilà la forme azurée du foible *avenir*? remarquons-là promptement, avant qu'elle s'évanouisse. Mais d'où vient ce soupir? Pourquoi m'arrache-t-il des larmes? Ah, ma vénérable tête ! pourquoi tes cheveux s'hérissent-ils ? La sueur de la crainte baigne mon visage. *Diane* se dérobe dans les nues..... les étoiles s'éclipsent, il ne reste que celles qui brûlent le sud, elle répandent une rosée malfaisante.... Morphée va m'abandonner; ah ! qu'on l'arrête par le charme de la douce harmonie !

Troisième BARDE.

» O ma lyre ! rends tes sons les plus doux, ceux » qui nourrissent la divine *extase*; qu'ils soient aussi » purs que la vertu qui nous conduit à la fin de » notre carrière, dans le séjour du bonheur ».

MODRED *s'éveille d'un air effrayé.*

Non, cela ne se peut.... Glaive terrible, cesse de menacer nos paisibles retraites. Ah Dieux! qui peut en suspendre l'effet? Il se courbe! il tombe! — Où suis je? — Paix mon ame! ce n'est qu'un rêve. — Emportez vos lyres; l'air de la nuit glace mon sang.... une chaleur brûlante succède au froid mortel qui m'accable. — Ecoutons? — quelqu'un approche du sanctuaire.

SCENE

SCENE VI.

Les précédens, EVELINA.

EVELINA.

PARDONNEZ! Seigneur, une démarche téméraire, qui découvre l'agitation de mon ame.

MODRED.

Qu'avez-vous, Madame?

EVELINA.

Hélas, Seigneur! fassent les Dieux que mes craintes soient chimériques?

MODRED.

Expliquez-vous?

EVELINA.

Je soupçonne la foi de ces étrangers.

MODRED.

Le soupçon est souvent le partage de l'artifice; mais dans une ame où regne la candeur, il a droit d'étonner.

EVELINA.

Ah! Seigneur, j'ai observé que le plus jeune garde un profond silence, & semble désapprouver les paroles de son frere; il soupire, tâche de dérober ses larmes, me jette des regards douloureux, lève les yeux au ciel, puis il les fixe sur mon pere, soupire de nouveau, & penche d'un air triste, sa modeste tête sur son sein.

MODRED, *aux Bardes.*

Ses craintes me paroissent légitimes. Continuez, Princesse.

EVELINA.

Mon pere, transporté par un zèle héroïque, s'aveugle sur leur conduite. Ah! Seigneur, n'est-il pas étrange que la Reine ma mere, n'ait point envoyé un souvenir de sa tendresse pour moi, ou pour mon malheureux pere? Druïde! mes larmes vous disent combien cet oubli afflige mon cœur.

MODRED, *aux Bardes.*

Le ciel lui inspire ces tendres regrets: souvent c'est par la douce sensibilité des femmes qu'il manifeste ses décrets. N'en doutons pas, ce sont des espions; observez les *Cantaber*, conduisez le plus jeune en ces lieux.

EVELINA.

Ah! Druïde, ne jettez pas sur lui des regards sévères? S'il est innocent, la douceur vous l'attachera; s'il est coupable, — ah, Druïde! ne le punissez pas, — mon cœur me dit qu'il se répentira.

MODRED.

Puisse votre cœur répondre du sien Madame ! Mais je vais l'interroger. (*à Cantaber.*) Allez chez le Roi, vous y verrez ces étrangers.....

EVELINA.

La crainte m'a fait perdre la mémoire ; je viens de la part de mon pere, il vous prie de les recevoir ici. — Mais je les apperçois. (*Caractacus paroît dans le fond du Théatre, accompagné des deux Princes.*) Observez le maintien du plus jeune, il annonce un profond chagrin.

MODRED.

Retirez-vous un moment dans ce vallon solitaire, & ne reparoissez que lorsque votre pere quittera ce bocage.

(*Elle sort.*)

SCENE VII.

MODRED, CARACTACUS, VELLINUS, ELIDURUS, LE CŒUR.

CARACTACUS.

MON ame inquiète n'a pu retenir plus long-temps mes pas: délivrez-moi de l'incertitude cruelle qui m'accable? Prêtres respectables! le sujet qui m'agite est la cause commune; c'est celle du ciel, c'est celle de la liberté.

MODRED.

Le ciel vous refuse son secours.

CARACTACUS.

Prenez garde, Druïde....

MODRED.

Loin de me promettre la paix, il ne m'a inspiré que des soupçons.....

VELLINUS.

Osez-vous douter de la foi d'une Reine?....

MODRED.

Paix ; il sied mal à la jeunesse d'interrompre un vieillard, sur-tout quand la dignité d'un caractère auguste, s'unit en lui avec celle de l'âge.

CARACTACUS.

L'infortune lui fait oublier ses devoirs. Malheureux jeune homme ! tu crains qu'avant la fin de cette lune, ton pays ne soit vaincu ; tu vois déja ta mere dans l'esclavage, traîner honteusement ses fers dans les rues pompeuses de Rome : tu la vois déja suivre le char du Tyran....

VELLINUS.

Nous éprouverons ces malheurs, Seigneur, si les Dieux suspendent le bras du grand Caractacus.

CARACTACUS.

Ils ne peuvent, ils n'osent arrêter son bras. Doutons plutôt de leur puissance.... prenez un visage moins sévère : Druïde, je respecte les Dieux.

MODRED.

J'en doute, Seigneur.

CARACTACUS.

Mon ame se repose sur la sagesse du grand Architecte de ce bel univers. Lorsque sa bonté créa le *temps*, il jetta un regard favorable sur le vaste océan, il y plongea le bras & retira des *abîmes* profonds le trône de la *liberté*; il l'éleva au-dessus des flots, l'entoura de rochers d'albâtre, & lui donna le nom de *Grande-Bretagne*: croyez-vous, Druïde, que ce Dieu laisse détruire son plus bel ouvrage?

MODRED.

J'approuve votre piété, Seigneur, suivez-en les préceptes, mais ne vous fiez pas à des trompeurs; ne confiez votre sort à ces étrangers, qu'après avoir éprouvé leur foi.

VELLINUS.

Vous offensez la Reine, Seigneur.....

MODRED.

Silence: nos decrets sont irrévocables, jettez vos regards sur cette masse énorme, suspendue par un art magique sur la pointe de ce rocher; quoiqu'elle paroisse immobile, elle repousse les efforts des traîtres, & céde au léger attouchement d'une main innocente. Point de replique: les Dieux ordonnent qu'un de vous essaie ses forces. (*aux Bardes.*) Tendez vos vêtemens, recevez-y les lots, & que suivant l'usage, le plus jeune y lise son sort. (*Les Princes s'approchent des Bardes & tirent les lots.*)

ELIDURUS.

Malheureux! c'est à moi qu'on réserve ce fatal essai.

MODRED.

Obéissez.

ELIDURUS.

Grands Dieux! vous connoissez mon cœur..... & je tremble pour l'avenir.

CARACTACUS.

Que le courage bannisse la crainte; suivez moi....

MODRED.

Arrêtez, Prince; avant de commencer, il faut descendre dans la caverne profonde, dont nos baguettes magiques ont ouvert l'entrée: de milliers de marches rabotteuses, couvertes d'une mousse glissante, vous conduiront jusqu'à sa base: c'est là que, privé de la clarté du jour, vous attendrez que la trompète vous annonce le moment de revoir la lumière. C'est dans cette affreuse solitude que le passé se reproduira à votre mémoire: vous y verrez en caractères, tracés par une main fidèle, vos vices & vos vertus. Allez où le destin vous appelle. (*Elidurus descend dans la caverne.*) (*à Caractacus.*) Seigneur, nous confions son frere à vos soins, gardez-le à vue dans l'autre voisin. —Nous nous reverrons quand l'oracle aura parlé.

Fin du second Acte.

ACTE III.

Marche solemnelle des Druïdes qui approchent lentement au son d'une musique majestueuse. MODRED s'avance vers la caverne qui renferme ELIDURUS : il l'ouvre, en retire le Prince, le conduit autour de l'autel, & de-là au rocher magique ; pendant l'expérience, MADOR & les Bardes chantent l'Ode suivante.

SCENE PREMIERE.

ODE.

Récitatif accompagné.

Second BARDE.

» O toi génie puissant & pur, qui préside sur ce
» rocher merveilleux ; ton souffle immortel anime
» le marbre, à l'approche de l'auguste vérité.

Le CHŒUR.

» Esprit invisible ! reçois nos vœux & nos prières.

Air répété par le CHŒUR.

» Daignes nous écouter & nous accorder ton se-
» cours. Ami de la vertu, c'est toi qui gouverne
» par les loix de la nature, les enfans de la paix &
» de la tranquillité »:

MADOR.

Rejetton immortel de la puissance divine, toi qui naquis avant le *temps*, toi sur qui l'air, ni l'eau, ni aucun élément n'a d'influence ; héritier de la lumière, toi seul a la faculté de pénétrer notre entendement ; tu connois le labyrinthe obscur de notre ame, en vain le mensonge s'y pare du masque de la vérité ; tu découvres son front & tu l'expose à la honte & au mépris ; tu a aussi le pouvoir de visiter jusqu'aux plus secrets réduits de la conscience ; & sans aucun secours tu la réveille de sa lourde léthargie : mais hélas, combien de fois faut-il lui parler avant d'en être obéi. Elle redoute ton approche, mais elle craint encore plus les remords, ce châtiment l'épouvante. Esprit bienfaisant, sois-nous propice? Si la trahison nous environne, fais-la connoître à *Mona*, & laisse aux Druïdes le soin de la punir.

Quatrième BARDE.

Recitatif accompagné.

« Sois-nous propice, esprit aérien ! préside à

» l'expérience de la *sphère* magique : si la trahison
» nous environne, laisse aux Druïdes le soin de la
» punir.

LE CHŒUR.

» Laisse aux Druïdes, &c.

MODRED, *à Elidurus.*

As-tu entendu dans ces sons divins, la terrible invocation des esprits aériens ?

ELIDURUS.

Tous mes sens en sont émus. — Cependant je suis prêt à vous suivre.

MODRED.

Consultes-toi bien ; songes à quels tourmens tu t'expose ? Si tu es coupable, la mort t'attend ; rien ne pourra te sauver.

SCENE II.

Les précédens, EVELINA.

EVELINA *accourt.*

SENTENCE cruelle!....

ELIDURUS.

Que vois-je! ah! Seigneur, conduisez-moi au rocher!

MODRED, *aux Druïdes.*

Suspendons un instant l'épreuve funeste; (*à Elidurus.*) ta jeunesse m'inspire la pitié: avant de poursuivre, réponds aux questions de la Princesse; peut-être elles t'épargneront un supplice cruel.... (*Il se retire avec les Druïdes.*)

ELIDURUS.

Non, non, je me soumets à vos loix.

EVELINA.

Méprisez-vous mes secours? Malgré mon infortune, je pensois que la fille de Caractacus méritoit quelques égards: née dans le sein des grandeurs, nourrie des plus flatteuses espérances, j'ai tout perdu sans regrets; je croyois, hélas, pouvoir vous servir; mais je vois que vos regards m'enlevent ce bonheur.

ELIDURUS.

Ah ! Princesse, si vous connoissiez mon cœur la crainte....

EVELINA.

Je ne puis l'inspirer dans l'état où je suis; dans le temps même où la fortune carressoit mes beaux jours, je n'ai connu que la candeur & l'indulgence. On dit que les malheurs endurcissent l'ame; ils n'ont fait qu'attendrir la mienne. Ah! si vous êtes coupable, je vous plaindrai. Oui! eussiez-vous même la cruauté de m'opprimer par des nouvelles infortunes, j'aurai pitié de votre erreur. Non, je ne croirai jamais que vous puissiez persécuter l'innocence, sans faire violence à votre cœur.

ELIDURUS.

Ah ! Evelina !

EVELINA.

La vérité est peinte sur votre front, l'image de nos augustes ancêtres si distingués par leurs vertus, brille dans tous vos traits. Mais dites-moi, Prince, pardonnez ma curiosité? Pourquoi ma mere n'a-t-elle pas envoyé à sa fille chérie quelques marques de sa tendresse ? Une Reine captive a bien des droits à la pitié ; les malheurs de sa vieillesse n'ont-ils pu émouvoir votre sensibilité ? — Ah! ciel ! vous pleurez ? Hélas ! sans doute ; la maladie, les infirmités l'accabloient à votre départ : — oui, voilà le motif de ce cruel silence, elle n'a pu vous charger d'un message que votre bouche cependant m'eût rendu moins cruel. — Ah ! ciel, pourquoi n'est-elle pas en ces lieux ?

ELIDURUS.

Plût aux Dieux qu'elle y fût ! ....

EVELINA.

Ah ! pourquoi le souhaitez-vous ?

ELIDURUS, *embarrassé.*

Parce que vous le désirez, Princesse.

EVELINA.

Ces mots prononcés avec intérêt adoucissent mes chagrins. — Mais si la Reine, votre mere, brille de toutes les vertus que votre frere lui attribue, *Guideria* doit oublier auprès d'elle tous ses malheurs. J'espere que les Dieux me permettront d'embrasser un jour ses genoux. Quel plaisir j'aurois à la voir libre & tranquille ! Mais vous gardez le silence ! Ah ! Seigneur, je ne le vois que trop, nos craintes sont légitimes.

ELIDURUS.

Calmez-vous, Madame ; la Reine *Guideria* n'a pas perdu le jour.....

EVELINA.

Mais si elle respire encore l'air pur du matin, si elle jouit de l'heureuse liberté, pourquoi.... Prince, vous soupirez ? Vous ignorez l'adversité ; votre pere conserve son empire, votre mere n'a point porté des fers! Votre frere est libre, & j'ai perdu le mien. Vous cherchez vainement à étouffer vos soupirs. —Hélas! vous n'avez pas autant que moi des sujets de douleur... Si vous souffrez.... communiquez-moi vos peines ? mon cœur les partagera, & nous nous consolerons l'un par l'autre.

ELIDURUS, *à part.*

O! Dieux! Dieux! elle m'arrache l'ame. — Que lui dirai-je ?

EVELINA.

Souffrir est le partage commun des mortels ; vous pouvez être aussi infortunée que moi : peut-être les fiers tyrans qui ravagent mon pays, vous ont ravi l'objet de votre tendresse, au moment où l'hymen alloit vous unir ensemble: ce souvenir est cruel, & j'en ai pitié.

ELIDURUS.

Hélas! jusqu'à ce jour j'ai ignoré le pouvoir de la beauté: —mais je me tais.

EVELINA.

Pourquoi ce regard triste, & ce sombre silence? Tout annonce en vous un chagrin profond. Ne me refusez pas une réponse? un cœur opprimé par l'infortune, se plaît à communiquer sa peine; la tendre pitié sait répandre une larme sur sa blessure, & en guérir la douleur. — Mais lorsqu'on médite le crime, un sentiment inné dans notre ame nous en découvre toute l'horreur, alors on se couvre du voile du mystère..... Mais votre innocence n'a pas besoin de ces vains détours.

ELIDURUS.

De grace! permettez-moi de me retirer?

EVELINA.

Encore un mot, Seigneur: quoique la vérité & la discrétion soient amis, rarement leur union est nécessaire.

ELIDURUS, *il fait quelques pas.*

Je vais auprès les Druïdes, Madame.....

EVELINA.

Ne me quittez pas en colere.... ne croyez pas que je soupçonne votre vertu, l'ignorance seule peut lui faire injure.... si je vous ai offensé....

ELIDURUS.

Par pitié, épargnez-moi!

EVELINA.

Si votre frere.... vous tremblez.... vous détournez les yeux.... parlez? Ses intentions sont-elles pures? Je n'ignore pas que la barbare Rome a proscrit la tête de mon pere : l'or, ce vil métal n'est plus aujourd'hui sans prix pour les braves Bretons. Vous frémissez, je le vois; vous partagez mes craintes. Ah, Seigneur! ce front où tout annonce l'innocence, cache avec peine ses plus secrettes pensées.... Venez, mon Prince, dévoilez ce mystère au Druïde, il en est temps encore.

ELIDURUS.

Quelle découverte, grands Dieux! & qui dois-je trahir?

EVELINA.

Votre frere......

ELIDURUS.

Hélas!

EVELINA.

Il a cessé de l'être, lorsqu'il a pu concevoir une si lâche perfidie. Peut-il être votre frere & trahir un Roi, l'ornement de la Grande-Bretagne, un Roi né dans le même climat que lui? Barbare! tu veux me priver d'un pere? Tu veux me ravir mon unique soutien? Scélérat!.... Ah! la douleur étouffe ma voix. — Non; il est impossible..... Mais tu ne repliques pas, — tu détournes la tête. — Regarde? — vois couler mes larmes. — Ah! Prince, j'embrasse vos genoux; — sauvez mon pere, sauvez une malheureuse Princesse des mains de ses ennemis. Soyez mon frere; le mien, hélas! .... Ah! Dieux, le voici.

SCENE III.

MODRED, EVELINA, ELIDURUS, ARVIRAGUS, LE CHŒUR.

ARVIRAGUS.

Que vois-je! ma sœur implore la pitié.....

EVELINA.

C'est lui: oui, c'est lui-même; il va démentir les craintes de mon pere, il lui prouvera qu'il est digne d'être son fils. O! le meilleur des freres! viens dans mes bras? Où as-tu été? Comment t'es-tu sauvé? Ah! mon cher Arviragus, depuis ta cruelle absence, voilà les premières larmes que m'arrache la joie. Tes malheurs en avoient tari la source.

ARVIRAGUS.

Ah! ma sœur; ma chere Evelina! j'ai peine à

contenir mes transports.... Mais pourquoi cet air suppliant ?

EVELINA.

Que rien ne trouble ce moment heureux.....

ARVIRAGUS.

Je veux, je dois en être instruit. (*à Elidurus.*) C'est à toi de m'en rendre raison.... Qui es-tu?

ELIDURUS.

Breton.

ARVIRAGUS.

L'orgueil de ta réponse me prouve ta naissance....

EVELINA.

Ah! mon frere, épargnez-lui d'injustes reproches.... Mais voici les Druïdes qui s'avancent vers nous ; que votre colère céde au respect; rendez à ces hommes pieux l'hommage qu'on doit aux Ministres des Dieux.

ARVIRAGUS.

Je t'obéis. (*à Elidurus.*) Nous nous verrons dans un autre moment ; jusqu'alors, gardes-toi de quitter ces forêts.

ELIDURUS.

Ce n'est pas mon dessein. (*Il se retire.*)

SCENE IV.

EVELINA, ARVIRAGUS, MODRED, LE CHŒUR.

ARVIRAGUS, *il s'approche des Druïdes.*

RESPECTABLES enfans du ciel, illustres Druïdes, excusez ma témérité? Il est d'affreuses nouvelles dont je dois vous instruire.....

MODRED.

Ah! Prince, votre pere vous accuse d'un crime affreux: vous êtes un lâche....

ARVIRAGUS.

Oubliez-vous que je suis le fils de Caractacus.

MODRED.

Vous avez fui.....

ARVIRAGUS.

Dieux éternels, vous en fûtes témoins, j'ai quitté le camp pour rallier nos troupes éperdues; j'allois, par mon exemple, les rappeller à leur devoir, lorsqu'une fléche ennemie m'a percé le bras; je suis tombé & j'aï langui pendant long-temps parmi les morts & les mourans? La main bienfaisante d'un pâtre est enfin venue à mon secours, il m'a conduit dans sa chaumière, & lorsque j'ai eu la force d'en sortir, j'ai cherché à rejoindre mon pere ; j'ai erré sous mille déguisemens, enfin j'ai appris qu'*Ostorius* méditoit de nouvelles conquétes: je me suis rendu chez un ami de Caractacus, je lui ai confié mon secret, il m'a aidé de tout son crédit, nous avons rassemblé vingt escadrons de troupes bien aguerries; nous avons pénétré par différens stratagêmes, dans la province de *Caernavon*, & nous sommes arrivés jusqu'au pied du haut *Snowdon*, où nos braves guerriers n'attendent que mon pere, pour signaler leur valeur.

MODRED.

Seigneur, pardonnez un soupçon qui vous outrage?

EVELINA.

Je vole vers mon pere, ce moment heureux va effacer tous ses malheurs.

(Elle sort.)

SCENE V.

MODRED, ARVIRAGUS, LE CHŒUR.

MODRED.

LES Dieux vous récompenseront.

ARVIRAGUS.

Hélas ! Druide, les Dieux nous abandonnent.... ils s'opposent à nos desseins..... Tremblez, Seigneur..... *Mona* va périr, les Romains approchent, en ce moment même ils sont dans vos forêts.

MODRED.

Quelle horreur me saisit !

ARVIRAGUS.

Comme je débarquois sur ce rivage dans cet endroit, où le peuplier plonge ses branches fléxibles dans le vaste océan, j'ai vu des chaloupes romaines cachées sous l'ombrage ; aussi-tôt j'ai monté sur la plus haute des collines qui bordent le côteau, j'ai vu, au travers des arbres du bocage, les cimiers des casques romains, flotter au gré des vents. Je me suis approché à la faveur de la nuit, & après m'être assuré de cet affreux mystère, je me suis hâté de venir vous en instruire.

MODRED.

Quel est leur nombre ?

ARVIRAGUS.

Je l'ignore, Seigneur.

MODRED.

Ah! mes amis, nous sommes les victimes d'une horrible trahison; qu'on se saisisse du perfide, mais le voici.

SCENE VI.

Les précédens, ELIDURUS.

MODRED.

MALHEUREUX! quel châtiment mérite celui qui trahit sa patrie?

ELIDURUS.

La mort.

MODRED.

Elle t'attends, ton frere & toi vous allez périr: — vous avez conduit les Romains jusqu'aux pieds de nos autels.

ELIDURUS.

Le ciel connoît mon innocence, & cependant je tremble; une douleur secrete déchire mon ame: les Dieux la connoissent, ils y lisent les motifs de ma crainte.... Hélas! que n'avez-vous le même pouvoir!.....

ARVIRAGUS.

Perfide! qu'as-tu fait?....

ELIDURUS.

Je ne puis te répondre.......

MODRED.

Nous aurons les moyens de te faire rompre le silence......

ELIDURUS.

Ma constance bravera tes fureurs....

MODRED.

Tu ne conçois pas les tourmens qu'on te prépare.....

ARVIRAGUS.

Parle : l'aveu de ton crime sera le signal de ton pardon... mais tu paroît redouter cet aveu....

ELIDURUS.

Ah! que me demandez-vous?..... mais je me tais, Seigneur.

MODRED.

Evelina l'a deviné; — on a trompe sa jeunesse...

ELIDURUS.

Donnez-moi des armes, & vous verrez si je suis coupable : avec l'aide de quelques braves Bretons, nous expierons dans cet asyle l'attentat des Romains. — Mais, hélas! je demande des armes, & vous n'avez que des prieres à m'offrir. — Allons? conduisez-moi au supplice.

ARVIRAGUS.

Il m'attendrit.

MODRED.

La religion s'allie au courage : en nous inspirant la paix, elle nous permet de briser d'un joug qui nous opprime. Lorsque le son de la trompète sacrée des Druïdes frappe ce chêne majestueux, on voit se rassembler autour de ce trône vénérable, des milliers de soldats, dont l'aspect épouvantable feroit même trembler César....

ELIDURUS.

Ah ! Seigneur, il nous reste donc encore quelqu'espoir ! Rassemblez les promptement? Voici le héros qui les commandera, & malgré mes chaînes, je le suivrai.....

ARVIRAGUS, *à Elidurus.*

Allons ?....

MODRED.

Il faut avouer auparavant.....

ELIDURUS.

Jamais.....

ARVIRAGUS.

Vous, ou votre frere êtes coupables.....

ELIDURUS.

Vous n'avez point de frere,.... mais vous avez une sœur......Ah ! Seigneur, vous devez savoir combien les liens du sang ont de pouvoir sur une ame sensible. Respectables Ministres ! je préfere en ce moment une heure de liberté, à un siècle de gloire, daignez me l'accorder : cependant si les jours de mon frere sont en danger, je renonce à vos bienfaits, & je suis prêt à garder mes fers.

MODRED *ôte les chaînes à Elidurus.*

Tant de générosité nous désarme. Je jure que votre frere ne périra point. — Vous êtes libre, — Vellinus sera le garant de votre foi, elle reglera son destin.

ELIDURUS.

Druïde, je ne demande pas davantage.....

ARVIRAGUS *lui donne la main.*

Soyez dorénavant mon exemple & mon émule : vivons, ou périssons ensemble.

MODRED.

Les loix de *Mona* m'ordonnent de vous laver d'un soupçon outrageant ; la vapeur maligne du crîme offense la pureté des Dieux, elle blesse leur essence divine, comme l'odeur d'une plante venimeuse nuit à la délicatesse de nos sens. La société des traîtres souille autant que le crime même. Druïdes, baignez le Prince dans les eaux de la source sacrée. (*Elidurus sort, accompagné des Druïdes.* — (*à Arviragus.*) Seigneur, vous avez besoin de repos, entrez dans ma caverne, & quand le sommeil aura calmé vos sens, je vous conduirai aux pieds de votre pere.

Fin du troisième Acte.

ACTE IV.

MODRED & le Chœur se placent autour de l'Autel : CARACTACUS & EVELINA entrent d'un côté, ARVIRAGUS entre de l'autre.

SCENE PREMIERE.

CARACTACUS.

AH ! mon fils, mon cher Arviragus ! Quelle joie ! — quels transports ! presses ton pere dans ces doux embrassemens. — Ne parles pas, mon fils ; jouissons en silence de notre bonheur, ... je te devine, — ta sœur m'à tout dit. — Hélas ! les paroles peuvent-elles peindre les regrets du cœur ? Sois content : je m'applaudis d'avoir un fils... tel que toi.... Mais tu pleures ? Si le plaisir ne fait pas couler tes larmes, épargnes-les à ton malheureux pere.... oui : je t'ai fait un outrage.... daignes le pardonner.... Comment réparer ma faute ? Hélas ! je ne puis rien faire pour toi, à peine me reste-t-il assez de force pour te bénir. Environné d'ennemis, privé de mon épouse, de mon trône, de mes soldats, tout ce que j'ai à t'offrir, c'est de partager mes dangers.... & peut-être un esclavage. Mais pourquoi nous affliger ? la vertu nous reste, elle sera désormais ton patrimoine.

ARVIRAGUS.

Hélas ! c'est celui de mon pere, ce fut celui de mes illustres ayeux : que la fortune nous opprime, que la trahison nous enchaîne : tranquilles dans notre adversité, nos cœurs seront toujours libres.....

CARACTACUS.

Ce langage est digne d'un Breton. Allons, mon fils ? tous les momens sont précieux. — Pontife ? rassemblez à l'instant vos soldats.

MODRED.

Ils sont à l'entrée du bocage, Seigneur.

CARACTACUS.

Conduisez-nous dans leur camp ?

MODRED.

Avant de vous y rendre, assurons - nous du perfide

CARACTACUS.

Il s'est enfui....

MODRED.

Malheureuse *Mona*, ta ruine est certaine.....

CARACTACUS.

Oubliez-vous que mon fils est ici? — Laissez le traître chercher son salut chez les barbares Romains, je ne le crains pas; que peut le bras d'un perfide contre tant de braves guerriers, dont l'honneur est le guide: hâtes-toi, mon fils, de les rejoindre, instruis-les du sujet qui leur met les armes à la main, que les Druïdes les bénissent, & marchons où la victoire nous appelle.

(Il sort avec Arviragus.)

SCENE II.

MODRED, EVELINA, LE CHŒUR.

MODRED.

DIEUX! que de malheurs entraînera cette fuite! Ah! Princesse, par quelle fatalité l'infâme Vellinus nous a-t-il échappé?

EVELINA.

N'en accusez que mon imprudence, Seigneur: à peine avois-je instruit mon pere du retour de son fils: à peine avois-je prononcé le nom d'Arviragus, qu'il est sorti....

MODRED.

Quoi! Caractacus ne l'á point arrêté ?

EVELINA.

La joie, la crainte, occupoient uniquement son cœur; bientôt reprenant l'usage de sa raison, il s'est apperçu, mais trop tard, que son prisonnier l'avoit trompé ; alors jettant un regard terrible autour de la caverne, & se saisissant de sa lance, il alloit le poursuivre..... Pardonnez, Seigneur? mes larmes, mes prieres l'ont arrêté, & le perfide s'étoit déja enfoncé dans l'épaisseur de la forêt: hélas! que pouvoit un vieillard, glacé par l'âge, contre un jeune audacieux?

MODRED.

Le ciel n'a point voulu qu'il fût notre captif: soumettons-nous à ses décrets

SCENE III.

Les précédens, ELIDURUS, *accompagné d'un* BARDE.

LE BARDE, ELIDURUS, *à genoux.*

SEIGNEUR ! les Dieux sont appaisés, le Prince attend de vous l'honneur de les servir, en défendant leur sanctuaire.

MODRED.

Prince, il n'est plus temps, la prudence ne permet pas d'employer votre bras.

ELIDURUS.

Je jure par le trône du grand *Adrastes*....

MODRED.

Vos sermens sont inutiles; votre frere s'est enfui...

ELIDURUS, *fort troublé.*

Que dites-vous? où est-il allé ?

MODRED.

Au camp des Romains.....

ELIDURUS.

Ah ! Vellinus, puisque tu oses souiller ainsi le sang dont tu sors, je romps à jamais les liens sacrés de l'amitié. Perfide ! dois-je être la victime de ton imposture ?

MODRED.

Tu dois expier ce forfait : rien ne peut te sauver.

ELIDURUS.

Frappes ; je méprise la vie ; je doute même si dans ce moment fatal le ciel, la terre & tout ce qui m'environne, ne conspirent pas à ma perte..... Frere ingrat ! pourquoi me forces-tu à te trahir ?.....

MODRED.

Les Dieux t'ordonnent de le plaindre....

ELIDURUS.

Ah ! Druïde, le puis-je sans rougir ? Mais, hélas ! il fut vertueux. Méprisables Romains ! c'est vous, ce sont vos infâmes conseils qui l'ont séduit, & je dois périr sans m'en venger. Indignes séducteurs ! oui : je vous maudirai jusqu'à mon dernier soupir.

MODRED.

Prépares-toi à la mort, *Mona* demandes sa victime.

ELIDURUS.

J'obéis, Seigneur. — Puisque le ciel me prive de la douceur de répandre mon sang pour la Princesse, permettez du moins que sur cette terre sacrée j'implore les Dieux en sa faveur. (*Il se met à genoux.*) Ils connoissent mon innocence, ils seront moins sévères que vous.

EVELINA.

EVELINA *se jette aux pieds de Modred.*

Silence ! pudeur de mon sexe, il n'est plus de temps de feindre.... Ah ! Druïde, inexorable Druïde ! je ne consentirai jamais à son trépas : arrachez-moi la vie, mais souffrez du moins qu'il sauve vos autels.

MODRED *les relèves.*

Le ciel l'inspire : ah ! Madame, quand la vertu parle, la vengeance doit se taire. — Allez, Prince, vos exploits justifieront une si grande faveur, combattez pour les *graces*, & pour la patrie. Approchez ? (*Il lui jette quelques gouttes d'eau sur les mains.*) Ces gouttes précieuses recueillies au charmant mois de Mai, sur l'épine fleurie, sont l'essence de la rosée du matin ; elles vous purifieront de toutes vos fautes, & l'attouchement de cette baguette magique achevera l'expiation.) *Il le touche au front.*) Allez, mon fils, reposez-vous un instant derriere cet aute sacré, nos Bardes y armeront votre bras, du glaive de la victoire.

(*Elidurus sort.*)

SCENE IV.

Les précédens, CARACTACUS, ARVIRAGUS.

CARACTACUS.

VOILA des guerriers, mon fils, dont les regards annoncent tout le courage des Bretons; fasse le ciel que vos troupes arrêtées aux pieds de *Suowdon*, pénétrent jusqu'en ces lieux. Les perfides Romains, avides de notre sang; apprendront bientôt à respecter nos autels. — Salut, ô dignes Ministres de nos Dieux; votre sagesse se déploye dans la discipline de vos redoutables phalanges, nous n'attendons que votre signal pour attaquer l'ennemi.

MODRED *lui montre un glaive.*

Voyez, Seigneur; voici le glaive auguste du vieux *Belinus;* il est encore teint du sang du cruel géant *Trifingus:* depuis plusieurs siècles il orne l'arsenal de *Mona*. Je vous le confie, Seigneur, recevez à genoux ce dépôt sacré: Prince, soyez attentif à ma prière.

PRIERE.

« Que le cercle éclatant du brillant soleil, que » les phases périodiques de la lune argentée; que

» l'influence maligne des étoiles qui ornent la ceinture du brûlant zodiaque : que tous les météores de la voûte azurée soient témoins, que nous vous confions ce glaive redoutable pour la défense du chêne sacré, dont la tête altière s'élève jusqu'au trône du divin *Caranis* ; qu'il serve d'égide à *Mona*, à son Pontife & à ses freres ». Caractacus, nos vassaux obéiront à votre fils, c'est à lui qu'est réservée la gloire de combattre les Romains.

CARACTACUS.

La jeunesse active doit l'emporter sur la débile vieillesse ; ne croyez pas cependant que ma valeur céde à la sienne.... Druïdes ? je brigue l'honneur de lui donner l'exemple.

MODRED.

Il faut obéir, Seigneur ; nos décrets sont immuables.

CARACTACUS.

Je le sais : mais pourquoi m'enlever ce dernier avantage ? — Ah ! Pontife, oubliez mes années ? J'aurai encore assez de force pour chasser les barbares Romains, jusques dans leurs vaisseaux. Méprisables pyrates ! oui, vous vous répentirez de votre lâche trahison : vous n'avez pas rougi d'employer l'artifice pour enlever le vaillant Caractacus. Barbares !

vous paierez cher sa défaite: Dieux, que ne puis-je les attaquer en ce moment.

MODRED.

Votre fils, Seigneur, est chargé de ce soin.

ARVIRAGUS.

Ciel, qui défendez mon pere, recevez mes vœux & mes sermens. (*Il se met à genoux.*) « Inspirez-» moi le courage sans férocité! Accordez-moi la » victoire, sans avoir la soif du carnage, que la » clémence succède à la vengeance, & qu'après » avoir triomphé de nos ennemis, la douce paix » banisse de mon cœur l'animosité des combats: » qu'elle y rétablisse le calme, avant même que » cette épée rentre dans son fourreau.

CARACTACUS *se met à genoux.*

Ah! Pontife, écoutez ma prière. « Grands Dieux! » si jamais le desir immodéré de la gloire m'a fait » commettre des injustices, si mon ame impatiente » m'a fait franchir les bornes de la sagesse, punis-» sez-moi, mais épagnez mon fils: Dieux immor-» tels! n'oubliez pas que je suis votre ouvrage. » Pourquoi m'avez vous donné des passions? Je » fus ambitieux & téméraire, mon fils est doux & » sensible, si vous lui avez accordé un cœur plus

» tendre que le mien, accordez-lui de même un » meilleur sort....

EVELINA *à genoux.*

» Souffrez que je mêle mes vœux à ceux de mon » pere? Après neuf années de bonheur, ont succédé » neuf années de disgrace. Dieux! protecteurs de » l'innocence, mettez fin à vos rigueurs? Que la » paix succéde à tant de troubles, & qu'elle soit » le fruit de ses succès; bénissez son bras, & be- » nissez les armes de ses valeureux compagnons.....

SCENE V.

Les précédens, ELIDURUS, *armé de pied en cap, entre précipitamment.*

ELIDURUS *se jette aux pieds d'Evelina.*

EN proie aux chagrins j'ose à peine implorer le ciel. Si j'en avois le courage, je lui demanderois de verser sur moi seul tous les maux de cette guerre. Dieux immortels! lancez sur moi tous les traits des Romains, que toutes leurs flèches fassent rétentir mon vaste bouclier, & que le frere de cette aimable Princesse, couronné des mains de la victoire, vienne en paix lui faire hommage de ses lauriers.

MODRED.

Levez-vous: les Dieux ordonneront de votre sort; voyez ces étoiles qui s'obscurcissent, la nature semble s'envelopper d'un voile ténébreux, profitons de ce moment pour allumer nos flambeaux, leur lumière en sera plus terrible: — nos cris perçans, le bruit de nos armes vont inspirer la crainte aux Romains. Bardes, donnez le signal du combat: ces chants lugubres, dont l'origine se perd dans la nuit des temps, épouvantoient autrefois l'intrépide *Jule César*: l'harmonie de ces hymnes augustes lui fit chercher son salut dans ses vaisseaux. — Allez,

Princes, rendez-vous en silence au camp ennemi, & sitôt que la trompète retentira dans nos bois, attaquez avec fureur, nos vœux seconderons vos efforts.

CARACTACUS.

Adieu, unique appui de ton pere, que la victoire soit ton guide.

EVÉLINA.

Arrêtez, mon frere : embrassons-nous.... Vaillant Elidurus, ne le quittez pas, sa bravoure soutiendra votre bras.

(Arviragus se retire avec Elidurus.)

MODRED.

Hâtez-vous, ministres des Dieux, de parer vos autels; rassemblez les feuillages sacrés, allumez-y la flâme dédiée à l'aurore. — Ciel, que vois-je! Mador arrache sa harpe suspendue aux branches du chêne? —— Il dirige vers nous ses pas.

SCENE VI.

Les précédens, MADOR *dans le fond du bocage.*

(Symphonie derriere la scène.)

ODE.

MADOR.

» ECOUTES!

MADOR *approche, la symphonie augmente.*

» Ecoutes!

MADOR *sur l'avant-scène, symphonie avec tout l'orchestre.*

» Ecoutes! n'avez-vous pas entendu les pas d'un
» géant effroyable? La terre trembloit sous ses
» pieds : c'étoit la *mort* : malgré sa marche rapide,
» j'ai distingué en lui l'apparence d'un guerrier; sa
» tête altière couverte d'un casque, sa cotte-
» d'arme, son bouclier, sa lance brillante, son bras
» robuste, armé d'une hache, tout annonçoit son
» dessein; il s'est écrié en me voyant : attendez,
» *Bretons, je vais vous conduire aux champs du des-*
» *tin : voyez là-bas ce char qui fend les airs, c'est le*
» *mien; il porte votre Dieu & votre héros; il vient*
» *seconder ma puissance. Mes superbes coursiers,*

» *fiers de leur fardeau, hennissent sous leur harnois.*
» *Entendez-vous le bruit de mes roues d'airain? Soyez*
» *attentif aux sons perçans de ma trompète, vos fo-*
» *rêts en rétentissent, c'est le signal de la destruc-*
» *tion.*

Le Chœur.

» *Il porte notre Dieu & notre héros, &c.*

Madór.

» Ne craignez plus la fièvre ardente, m'a-t-il dit, les
» angoisses du trépas, les infirmités de l'âge, ni tous
» les maux de l'humanité : ces maux habitent mon
» palais, ils sont soumis à mes ordres; j'en accable
» les sujets d'un tyran; j'en opprime les esclaves
» de la mollesse, & je les lance sur les enfans de
» l'oisiveté, voila mes victimes.... Les Bretons
» vont partager aujourd'hui ma puissance, ils mê-
» leront leur arcs & leurs flèches avec les miennes,
» & terrasseront leurs ennemis: les Romains formi-
» dables, vaincus par la crainte, descendront en
» tremblant dans l'asyle, où reposent les ombres de
» leurs ancêtres; c'est dans ce lieu fatal où la source
» profonde du noir Tartare, roule parmi d'épaisses
» ténèbres ses eaux bitumineuses, qu'ils verront
» le rivage des morts: mille spectres épouvantables
» attachés à des tristes peupliers, y attendent en
» frémissant, leur destinée. Diane renouvellera

» douze mille fois son orgueilleux croissant, elle » changera douze mille fois sa couleur argentée, » avant que ces pâles ombres revoient la lumière » du jour. Enfans de la *liberté*, votre destin est » bien différent; si vous succombez, je n'exercerai » qu'un instant mon empire sur vous: au moment » où vous périrez, l'étincelle céleste qui vous anime, » enflammera d'autres mortels non moins valeu» reux; la douce liberté armera de nouveau votre » bras, vous vivrez & mourerez encore pour sa » défense.

Le Chœur.

» L'étincelle céleste qui nous anime, &c. &c.

Fin du quatrième Acte.

ACTE V.

CARACTACUS entre précipitamment, MODRED & le Chœur des Druïdes font des efforts pour le retenir.

SCENE PREMIERE.

CARACTACUS.

Vous vous flattez en vain d'arrêter mes pas : ah! Druïdes ! le bruit tonnant des armes frappe encore mon oreille. Silence ! silence ! la *mort* m'appelle, elle a besoin de mon bras. Me voici, tyran insatiable ! — hommes paisibles, obéissons; rappellez-vous que mon ame est Bretonne : si je succombe, elle communiquera son courage à un Breton aussi valeureux que moi. — Fasse le ciel qu'une flèche propice m'enlève à l'âge & aux infirmités ! Les Dieux me feront renaître pour sauver ma patrie.

MODRED.

Seigneur, modérez cetre ardeur guerriere....... voyez le nuage doré qui s'élève dans l'orient, ... il vient se reposer sur nos autels..... Ah, Prince !

cet heureux présage annonce la victoire,.... nous ne tarderons pas à en être certain....

CARACTACUS *fait de nouveaux efforts pour se dégager des bras des Druïdes.*

Caractacus vous en apportera l'heureux détail.....

MODRED.

J'apperçois le Barde chargé de ce soin; son maintien me rassure.

SCENE II.

Les precédens, LE BARDE.

CARACTACUS.

HATEZ-VOUS de nous instruire.....

LE BARDE.

Les Romains ont fui.....

MODRED.

Les Dieux en sont loués.....

CARACTACUS.

Quoi! ils ont fui sans combattre?

LE BARDE.

Après avoir traversé en silence la voûte de la colline où repose notre grand *Divin*, nous sommes arrivés au passage où le célèbre *Brute* construisit jadis ses informes autels, nous y avons attaché nos torches ardentes, & nous y avons placé des Druïdes vêtus de blanc; aussi-tôt ils maudissent d'une voix tonnante, Rome & ses guerriers. Le son de toutes nos harpes secondent leur imprécation, & l'horrible signal des combats fait rétentir les échos d'alentour. La forêt tremble, les autels agités semblent s'écrouler; nos sœurs armées de tisons enflammés parcourent tous les rangs, & menacent, dans leur fureur divine, d'exterminer toute la nature. La *nuit* s'étonne de voir ses rites sacrés, exposés à la face des cieux, & les étoiles s'éclipsent à cet affreux spectacle.

MODRED, *à Caractacus.*

Seigneur, vous voyez que le pouvoir des Druïdes surpasse celui des Romains.

Le BARDE.

Tremblans ils ont à peine évité nos coups; leurs énormes boucliers jonchoient déja la terre, quand la trompète auguste nous a donné le signal : aussi-tôt Arviragus suivi de nos vassaux, s'élance sur l'ennemi, le pousse & le met en fuite.... oui, Seigneur, ces yeux ont vu fuir les Romains.....

CARACTACUS.

Mon fils les a poursuivis......

Le Barde.

Jusques dans leurs vaisseaux.

Caractacus.

Quelle étoile propice a présidé à sa naissance! Viens, mon enfant, revoir les carresses d'un pere; que ses larmes mouillent ton bras valeureux.... mais j'entends quelqu'un; ah! c'est lui, sans doute....

Le Barde *regarde.*

Non, Seigneur; ce sont six captifs qu'on conduit en ces lieux.

SCENE III.

Les précédens, six Captifs *conduits par des guerriers Bretons.*

CARACTACUS.

Tout annonce qu'ils sont des chefs de l'armée.

Modred.

Qu'on les enchaîne dans nos cavernes.

Caractacus.

Pontife, l'honneur vous défend cette insulte; apprenons plutôt aux Romains à respecter les vaincus.

(On emmene les Captifs.)

SCENE IV.

CARACTACUS, MODRED, LE CŒUR, EVELINA.

EVELINA, *se jette dans les bras de son père.*

AH ! mon père ! protégez-moi, nous sommes perdus. Ah ciel ! la crainte étouffe ma voix.

CARACTACUS.

Qu'avez-vous, ma fille ?

EVELINA.

On nous trahit : pendant que j'offrois dans ce bocage mes vœux aux Immortels, j'ai cru entendre plusieurs Guerriers diriger vers nous leurs pas : aussi-tôt une lumière soudaine a éclairé toute la forêt, j'ai vu briller au travers des arbres l'acier des casques & des boucliers.......

CARACTACUS.

Vaine terreur d'un sèxe foible, qui t'a fait craindre ces dangers !

EVELINA.

Oubliez-vous, Seigneur, que Vellinus s'est enfui dans ces bois ? J'ai cru entendre le son de sa voix....

CARACTACUS.

Cesse de t'alarmer, ton frère triomphe, regarde

l'astre du jour : tout rayonnant de gloire, il vient saluer le vainqueur....

MODRED.

Ah ! ciel ! des flammes sacrilèges consument nos forêts, voilà cet astre que vous voyez. O mes frères ! sonnez la trompette, rappellez le Prince, qu'il vole à notre secours : — Dieux ! ç'en est fait de la malheureuse *Mona*.

CARACTACUS.

Quoi ! tu trembles auprès de Caractacus ? ma main est plus ferme que ton cœur. Ce glaive va défendre vos autels. Venez braves Bretons triompher, ou périr avec moi. (*Il sort précipitamment.*)

EVELINA.

Où courrez-vous, Seigneur ? Ah Druïdes ! arrêtez ses pas ! Hélas ! il oublie sa vieillesse. — Ah ! Dieux ! Dieux ! vous m'enlevez mon père.

MODRED.

Impitoyables Dieux ! vous répandez la crainte dans nos cœurs, vous enchaînez notre courage. Courrez, mes frères ! défendez le Roi, défendez vos autels. Ah ! ciel ! notre perte est assurée : malheureux Arviragus ! vous êtes la victime de nos fiers ennemis.

SCENE

SCENE V.

Les précédens, ARVIRAGUS *blessé, & conduit par* ELIDURUS *qui le soutient.*

ARVIRAGUS.

DIEUX ! vous m'accordez la faveur de mourir, aux pieds de vos autels. Ah ! mon ami, grace à vos soins j'expirerai dans les bras d'un père ! ma sœur recevra mon dernier soupir. (*Evelina se jette à ses pieds.*) Malheureuse Evelina ! cesse de t'affliger, mon sang appartient à la patrie.

EVELINA.

Ah Druïdes ! je vois la flèche aigue qui perce son sein : Dieux immortels ! si vous avez résolu son trépas, épargnez à mes yeux ce spectacle cruel ; & vous hommes divins, vous dont l'art pénétre la nature, guérissez ses maux, arrachez cette flèche fatale, mes plus ardentes prières seconderont vos efforts, — mais hélas ! vos regards annoncent votre impuissance ; enseignez-moi donc l'art d'engourdir tous mes sens ? Donnez-moi quelque breuvage violent, qui puisse me priver du jour, quand mon frère perdra la lumière.

ARVIRAGUS.

Ah ! ma sœur ! conservez-vous pour mon père.

EVELINA.

Hélas ! s'il exiſte, il eſt captif.

ARVIRAGUS.

Qu'entends-je ?

MODRED.

Nous ignorons son sort, des Romains, conduits sans doute par Vellinus, ont investi la forêt qu'ils ont embrasée ; Caractacus s'en est apperçu, il est sorti, il a volé pour nous défendre.

ELIDURUS.

Malheureuse témérité !

ARVIRAGUS.

Traitre ! je me suis apperçu trop tard de ton artifice... Perfide Vellinus ! Mais j'oublie, Seigneur, qu'il est votre frère....

ELIDURUS, *tire son épée.*

Cette épée fera couler le sang qui m'allie à l'infâme....

ARVIRAGUS.

Par pitié, épargnez-le pour défendre ma sœur ; hélas ! bientôt elle n'aura plus de frère : captive des Romains, elle a besoin d'un appui.... Mais le ciel m'est témoin que je ne desire pas de vous voir l'esclave de Rome.

ELIDURUS.

Oui, je vivrai pour la servir : je porterai pour elle les chaînes les plus pesantes....

SCENE VI.

Les précédens, UN BARDE.

LE BARDE.

AH ! fuyez dans vos cavernes, le chef des Romains approche de ces lieux.

MODRED.

Le Chef de *Mona* ne craint pas son approche : qu'il paroisse ! je confondrai son orgueil ; l'âge m'affoiblit, mais la vertu me rend intrépide....

ARVIRAGUS.

Mes forces m'abandonnent.... Le moment fatal approche.... Druïdes ?.... accordez à mes froides cendres.... un asyle paisible parmi vous.... Hélas !.... Adieu ma sœur..... la mort demande sa proie.

(Il meurt : Evelina s'évanouit.)

ELIDURUS.

Secourez-la grands Dieux !

EVELINA, *en reprenant ses sens.*

Il m'est ravi pour toujours ! j'ai senti son ame s'exhaler dans ce froid soupir. Elle s'est arrêtée un moment sur mes lèvres tremblantes, & a quitté pour jamais sa terrestre demeure. (*Elle se jette sur le corps d'Arviragus. Les Druïdes veulent l'en empêcher.*) Ah Druïdes ! laissez-moi embrasser mon frère ! Dieux ! si vous accordez à son ame la faveur d'animer un corps plus heureux, jamais ! non jamais, vous ne lui donnerez une sœur aussi tendre.

MODRED.

Avant que l'ennemi s'empare de nos autels, rendons à ce guerrier les honneurs destinés aux héros.

(*Symphonie lugubre.*)

RÉCITATIF.

MADOR.

Tandis que le ciel réserve à *Mona* une heure de liberté, employons ce doux bienfait à chanter les louanges du jeune guerrier, qui a péri pour sa défense.

ARIETTE.

Second BARDE.

» Brillant Dieu du jour, repose-toi un moment

» sur ton orbe éclatante ; enchaîne cette heure » auguste, ordonne au temps d'arrêter sa course » rapide, qu'il écoute les plaintes des enfans de » *Mona*.

Quatrième BARDE.

ARIETTE.

» Pretez l'oreille aux accens de nos harpes, leur » sons annoncent la douleur. Leurs accords tou- » chans peignent la perte d'un héros.

Troisième BARDE.

ARIETTE.

» Voyez les larmes des enfans de *Mona*, larmes » sacrées qu'arrache la vertu d'un guerrier mort » pour sa défense ; larmes dignes du Prince que » nous pleurons, dignes des Bardes de *Mona*.

TRIO.

» Brillant Dieu du jour, nous vous implorons » en faveur du héros, dont la valeur a combattu » pour nous ; il a succombé en défendant la justice, » la patrie & la liberté. Son dernier soupir fut » celui d'un guerrier digne des immortels.

RÉCITATIF.

MADOR.

Eclatez harpes mortelles ! & vous harpe divine du grand *Adrastes*, repondez à nos accords, ne dédaignez pas de méler vos sons harmonieux aux tendres accens de nos voix : le ciel doit s'unir à la terre pour chanter la gloire du fils de la *liberté*

CHŒUR.

» La lyre immortelle d'*Adrastes*, daignera s'unir » aux nôtres, pour chanter la gloire du fils de la *liberté*.

SCENE VII.

MODRED, EVELINA, ELIDURUS, AULUS DIDIUS, ROMAINS,

CHŒUR des DRUIDES.

AULUS DIDIUS.

MINISTRES sanguinaires, suspendez vos rites funèbres ; rendez-moi les prisonniers enchaînés dans vos cavernes : vous ne tremperez pas vos mains barbares dans l'auguste sang des Romains : ne vous flattez pas qu'une aveugle superstition arrête nos pas : si je ne respectois nos loix propices à tous les cultes, je renverserois vos autels, (*montrant les chênes*,) je détruirois ces symboles d'une religion sauvage, & je permettrois aux rayons dorés de phœbus, d'éclairer vos noires demeures.

MODRED.

Esclave de César, ta langue profane a-t-elle fini ses impiétés ? Reçois la peine que tu mérites : le Ministre de ces Dieux que tu méprises, te maudit.

DIDIUS.

Témeraire ! je ne crains ni leur pouvoir ni le

tien. (*A ses Soldats.*) Visitez ces antres épouvantables, retirez-en les prisonniers, mais, sur tout, menagez Caractacus, il faut qu'il vive. (*A d'autres Soldats montrant Elidurus.*) Et vous, chargez de fers ce jeune audacieux : César prononcera lui-même son arrêt.

ELIDURUS.

Je brave sa fureur, & j'en fais gloire.

DIDIUS, *montrant Evelina qui pleure auprès du corps de son frère.*

Prenez soin de cette jeune Princesse, qu'on respecte sa douleur.

EVELINA, *aux Soldats qui s'approchent.*

Retirez-vous, barbares ; vous n'aurez pas la gloire de montrer à Rome, les restes infortunés de ce Breton vertueux. N'approchez pas perfides : ce corps insensible fut autrefois celui du vaillant Arviragus.

DIDIUS.

Ne craignez rien, Madame, nous respectons les morts.....

MODRED.

Puissiez-vous respecter aussi les vivans : vous rougiriez d'enchaîner leur plus bel ouvrage. Seigneur, le ciel nous fit naître libres.

DIDIUS.

Rome combat pour vaincre & non pour donner des fers : généreuse & clémente, elle civilise les barbares.....

MODRED.

Nous méprisons ses faveurs : Seigneur, prononcez vîte notre arrêt.

DIDIUS.

Nous épargnerons vos forêts & vos autels, mais il faut nous livrer Caractacus.

MODRED.

Périssent à jamais nos chênes superbes, avant que leur ombrage refuse un asyle, à la vertu malheureuse.

SCENE VIII.

Les précédens, UN BARDE.

LE BARDE.

PLEUREZ, enfans de *Mona*, Caractacus est captif. — Tu souris Romain, sa défaite te coutera des larmes : il a vaincu tes plus célèbres guerriers. Ton esclave, ton vil espion n'a pu échapper à son bras. — J'ai vu porter le coup fatal : « C'est celui de » la justice, s'écrioit-il : Dieux ! tu couronnes tous » mes exploits ». Aussi-tôt on l'entoure, le courage a cedé au nombre ; un vil Soldat, craignant d'envisager ce héros formidable, s'est saisi de ses bras, & tandis que d'autres lui arrachoient son épée, on l'a chargé de chaînes. — Mais le voici, vos yeux obscurcis par vos larmes, vont être témoins de son malheur.

SCENE IX.

Les précédens, CARACTACUS *chargé de chaînes.*

CARACTACUS.

Ces chaînes sont moins cruelles que la douleur de céder à la perfidie. Tyran : malgré mon âge, j'ai la force de braver ton injustice. Présomptueux Romain, dis-moi ? Suis-je moins grand, moins formidable, qu'à la tête de mes armées ? Mon ame intrépide ose encore défier ta fureur ; le feu qui m'anime..... (*Il voit le corps de son fils.*) Que vois-je ? O Dieux ! — Romain !.... Oui, tu m'as vaincu.

DIDIUS.

Quand *Claude*, le maître du monde, apprendra le récit de tes exploits, sa pitié.....

CARACTACUS.

Sa pitié ! Ah ! guerrier, peut-elle animer le cœur d'un Romain ? Et si les Dieux le rendent sensible, faut-il que ce soit pour un Breton ? Arviragus ! tu as eu le bonheur d'éviter cet affront. Ah ! mon fils.....

DIDIUS.

Seigneur, le vent enfle nos voiles, tout nous presse de partir.....

CARACTACUS.

Barbare ! Quoi ! tu refuses à un père la douceur de repandre quelques larmes sur son malheureux fils ? Cruel ! un siècle me suffiroit à peine pour regretter cette perte, & tu ne m'accordes pas même un moment. Mais vous Romains impitoyables, vous dédaignez de pleurer vos enfans : Rome condamne cette foiblesse, & moi je triomphe dans mes larmes. — Oui, mon fils : oui, ton père ose te pleurer, il ose arracher ses cheveux blanchis sous les armes, ces restes infortunés de l'âge & des combats, uniques monumens de sa gloire passée. Ah ! mon fils ! si ton père eût connu la modération, tu aurois, comme tes ancêtres, gouverné les heureux Bretons, mais la valeur étouffa en lui la sagesse. Hélas ! si j'avois su modérer cette ardeur guerrière, ceux qui me chargent aujourd'hui de fers, auroient sollicité ma clémence, ou du moins ils eussent brigué mon appui.

DIDIUS.

Implacable ennemi de Rome, tu méprisas toujours son amitié....

CARACTACUS, *se lève tout-à-coup d'auprès du corps de son fils.*

J'avois des armes, des vigoureux coursiers, des chars d'airain, des trésors & un Royaume ; avois-je tort de les défendre ? Faut-il que l'Univers se soumette à César, parce que César prétend soumettre l'Univers ?

DIDIUS.

Ton sort te sert de réponse : si ton orgueil eût cédé....

CARACTACUS.

La gloire de César seroit en proie à l'oubli : mon courage & mes malheurs font sa renommée & la mienne, Grands Dieux ! après avoir lutté neuf ans contre le pouvoir d'un tyran, faut-il enfin que je sois son esclave ? --Dieux ! où est votre justice, votre équité ? — César triomphe, Seigneur ; il a vaincu le malheureux jouet de l'infortune : il peut facilement le courber sous son joug : s'il est généreux : qu'il s'applaudisse de cette vertu, je ne la crains ni ne la désire.... (*Montrant son fils.*) En perçant ce sein vertueux, Caractacus perdit tout son espoir. — Levez-vous, ma fille. (*En regardant Elidurus.*) — Quoi ! Prince, vous portez des fers ? — Approchez ? soyez mon fils, soyez son frère : venez mes enfans, soutenez les bras de votre malheureux père ? Nous allons donc voir cette orgueilleuse capitale ! — Ne pleurez pas ma fille, gardez ces larmes pour une mère captive ; nous lui devons raconter nos malheurs. — Mais pourra-t-elle les entendre sans mourir de douleur ? (*En montrant le le corps de son fils.*) — Hélas ! il faut l'instruire de cette dernière infortune : Dieux ! je m'oublie : L'âge & la douleur s'épanchent en longs discours. Je me tais Romain, & me soumets. Adieu, Ministres de nos autels. (*Il regarde le bocage & le corps de son fils.*) Adieu, adieu, pour toujours.

(*L'Orchestre joue une marche lugubre, pendant laquelle Caractacus, Evelina & Elidurus, se retirent conduits par des Romains.*)

FIN.

www.ingramcontent.com/pod-product-compliance
Ingram Content Group UK Ltd.
Pitfield, Milton Keynes, MK11 3LW, UK
UKHW020340180726
13839UKWH00002B/832